AF601135

VENTE

Après le Décès de M. L...

MOBILIER ARTISTIQUE

COLLECTION DE

TABLEAUX MODERNES

COMMISSAIRES-PRISEURS

Me CAILLEUX	Me BERLOQUIN
88, rue Lafayette, 88.	23, rue de Provence, 23.

EXPERT

M. B. LASQUIN

12, rue Laffitte, 12.

CATALOGUE

D'UN ÉLÉGANT

MOBILIER ARTISTIQUE

ANCIEN ET MODERNE

DES STYLES GOTHIQUE ET RENAISSANCE

Belles Tentures, Tapisseries, Curiosités
Bronzes d'art, Sculptures, Émaux cloisonnés

BIJOUX ET DIAMANTS

Tapis d'Orient, Tapis d'appartements

COLLECTION DE TABLEAUX MODERNES

Par J. L. Brown, Eug. Feyen, Guillemet, J. Héreau
G. Maincent, Cl. Monet,
Moullion, E. Vernier, Vollon, Vuillefroy, etc.

30 tableaux par A. Feyen-Perrin

Dessins par Henri Pille et autres

Albums, Dictionnaire universel de Larousse

Le tout dépendant de la succession de feu M. L...

ET GARNISSANT SON HÔTEL

93, boulevard Berthier, 93

DONT LA VENTE AURA LIEU

A la requête de M. GUIET, administrateur provisoire de ladite succession

HOTEL DROUOT, SALLE N° 8

Les Lundi 9, Mardi 10 et Mercredi 11 Novembre 1885

A DEUX HEURES

COMMISSAIRES-PRISEURS :

Me CAILLEUX	**Me BERLOQUIN**
88, rue Lafayette, 88.	23, rue de Provence, 23.

M. B. LASQUIN, expert
12, rue Laffitte, 12.

EXPOSITION PUBLIQUE

Le Dimanche 8 Novembre 1885, de 1 h. à 5 h

CONDITIONS DE LA VENTE

Elle sera faite *expressément* au comptant.

Les Acquéreurs paieront CINQ POUR CENT en sus des enchères, applicables aux frais de la vente.

L'exposition mettant le public à même de se rendre compte de l'état des objets, il ne sera admis aucune réclamation une fois l'adjudication prononcée.

Paris. — Imp. de l'Art. E. Ménard et J. Augry, 41, rue de la Victoire.

DÉSIGNATION

TABLEAUX

BARTHELEMAN

1 — *L'Anatomiste.*

Bois. Haut., 11 cent.; larg., 17 cent.

BELLENGER
(GEORGES)

2 — *Rochers à Brignogand (Finistère).*

Salon de 1880.

Toile. Haut., 50 cent.; larg., 60 cent.

BELLENGER
(GEORGES)

3 — *Sujet allégorique.*

Esquisse pour plafond.

BELLENGER
(GEORGES)

4 — *Bestiaux au bord d'une mare; effet d'orage.*

Toile. Haut., 43 cent.; larg., 60 cent.

BELLENGER
(GEORGES)

5 — *Les Laveuses.*

Toile. Haut., 57 cent.; larg., 47 cent.

BROWN
(J. L.)

6 — *Chevaux de Courses.*

Toile. Haut., 54 cent.; larg., 34 cent.

CHEVALIER
(LOUIS)

7 — *Cavalier du 11e hussards.*

Bois. Haut., 35 cent.; larg., 23 cent.

CHEVALIER
(LOUIS)

8 — *Étude de soldat.*

Esquisse.

Haut., 43 cent.; larg., 31 cent.

CHEVALIER

(LOUIS)

9 — *Soldat devant une tombe.*

Esquisse.

CHEVALIER

(LOUIS)

10 — *Portrait de l'artiste.*

Bois. Haut., 21 cent.; larg., 13 cent

CHEVALIER

(LOUIS)

11 — *Le Potager.*

Haut., 25 cent.; larg., 40 cent

CHEVALIER

(LOUIS)

12 — *Paysage.*

Haut., 22 cent.; larg., 14 cent.

CHEVALIER

(LOUIS)

13 — *Usine.*

Haut., 23 cent.; larg., 33 cent.

COLIN

(GUSTAVE)

14 — *Entrée de port.*

Haut., 32 cent.; larg., 52 cent.

FEYEN-PERRIN

(AUGUSTIN)

15 — *Portrait de l'artiste en buste.*

Haut., 57 cent.; larg., 45 cent.

FEYEN-PERRIN

(A.)

16 — *Le Chemin de la Corniche; jeune paysanne sur un âne, près d'une falaise.*

Haut., 45 cent.; larg., 27 cent.

FEYEN-PERRIN

(A.)

17 — *Melon et fruits sur une table.*

Toile. Haut., 52 cent.; larg., 72 cent.

FEYEN-PERRIN

(A.)

1878.

18 — *La Jeune Pêcheuse.*

Haut., 70 cent.; larg., 50 cent.

FEYEN-PERRIN

(A.)

1881.

19 — *Baigneuse au bord d'une rivière; soleil couchant.*

Haut., 65 cent.; larg., 43 cent.

FEYEN-PERRIN

(A.)

1881.

20 — *Baigneuse; effet de soleil.*

Haut., 31 cent.; larg., 56 cent.

FEYEN-PERRIN

(A.)

1880.

21 — *Baigneuse à l'étang.*

Bois. Haut., 60 cent.; larg., 35 cent.

FEYEN-PERRIN

(A.)

22 — *La Mort d'Orphée.*

Bois. Haut., 26 cent.; larg., 36 cent.

FEYEN-PERRIN

(A.)

23 — *Le Retour des pêcheuses.*

Haut., 27 cent.; larg., 35 cent.

FEYEN-PERRIN

(A.)

24 — *Femme dans un pré.*

Bois. Haut., 24 cent.; larg., 34 cent.

FEYEN-PERRIN
(A.)

25 — *La Servante.*

Peinture sur porcelaine.

Haut., 10 cent.; larg., 24 cent

FEYEN-PERRIN
(A.)

26 — *La Pêche à la ligne.*

Haut., 29 cent.; larg., 30 cent.

FEYEN-PERRIN
(A.)

27 — *Paysage.*

Bois. Haut., 10 cent.; larg., 42 cent.

FEYEN-PERRIN
(A.)

28 — *Rochers au bord de la mer.*

Haut., 18 cent.; larg., 24 cent.

FEYEN-PERRIN
(A.)

29 — *Baigneuse assise au bord de la mer.*

Esquisse non signée.

Haut., 52 cent.; larg., 72 cent.

FEYEN-PERRIN

(A.)

30 — *Baigneuse vue de dos, assise au bord de la mer.*

Haut., 25 cent.; larg., 20 cent.

FEYEN-PERRIN

(A.)

31 — *Femme nue, vue de dos, debout contre un arbre.*

Haut., 30 cent.; larg., 22 cent.

FEYEN-PERRIN

32 — *Une Nymphe.*

Bois. Haut., 21 cent.; larg., 12 cent.

FEYEN-PERRIN

(A.)

33 — *Italienne.*

Haut., 21 cent.; larg., 13 cent.

FEYEN-PERRIN

(A.)

34 — *Jeune Cancalaise.*

Haut., 31 cent.; larg., 25 cent.

FEYEN-PERRIN

(A.)

35 — *Ronde de Nymphes.*

Haut., 23 cent.; larg., 54 cent.

FEYEN-PERRIN

(A.)

36 — *Les Baigneuses.*

Bois. Haut., 30 cent.; larg., 36 cent.

FEYEN-PERRIN

(A.)

37 — *Le Retour des pêcheurs.*

Bois. Haut., 37 cent.; larg., 44 cent.

FEYEN-PERRIN

(A.)

38 — *Le Torrent.*

Haut., 36 cent.; larg., 50 cent.

FEYEN-PERRIN

(A.)

1880.

39 — *Nymphe couchée.*

Haut., 42 cent.; larg., 59 cent.

FEYEN-PERRIN

(A.)

40 — *Ève pleurant sa faute.*

Esquisse non signée.

Haut., 72 cent.; larg., 52 cent.

FEYEN-PERRIN

(A.)

41 — *Une Grève.*

Haut., 16 cent.; larg., 26 cent.

FEYEN-PERRIN

(A.)

42 — *Jeune Cancalaise.*

Haut., 44 cent.; larg., 34 cent.

FEYEN-PERRIN

(A.)

43 — *Astarté.*

Étude pour le tableau du Salon de 1881.

Esquisse peinte.

FEYEN-PERRIN

(A.)

44 — *Astarté.*

Étude pour le tableau du Salon de 1881.

FEYEN
(EUGÈNE)

45 — *La Pêche aux huîtres (dite pêche à pied), près le Mont Saint-Michel.*

Bois. Haut., 31 cent.; larg., 50 cent.

FEYEN
(EUGÈNE

46 — *Village au bord de la mer.*

Bois. Haut., 31 cent.; larg., 50 cent.

GUILLEMET
(A.)

47 — *Environs de Dieppe.*

Haut., 44 cent.; larg., 54 cent.

GUILLEMET
(A.)

48 — *Chaumières en Normandie.*

Haut., 52 cent.; larg., 72 cent.

GUILLEMET
(A.)

49 — *Village au bord de la mer.*

Haut., 36 cent.; larg., 45 cent.

GUILLEMET

50 — *Chaumières en Normandie.*

Haut., 36 cent.; larg., 54 cent.

GÉRICAULT

(D'après)

51 — *Course de chevaux au Corso, à Rome.*

Haut., 19 cent.; larg., 29 cent.

HÉREAU

(JULES)

52 — *Le Retour à la ferme; avant l'orage.*

Haut., 54 cent.; larg., 71 cent.

HÉREAU

(JULES)

53 — *Chevaux de labour.*

Bois. Haut., 21 cent : larg., 27 cent.

HÉREAU

(JULES)

54 — *La Baignade des chevaux sur la grève.*

Haut., 42 cent.; larg., 62 cent.

HÉREAU

(J.)

55 — *Vache blanche, couchée dans un pré.*

Haut., 30 cent.; larg., 40 cent.

HÉREAU
(J.)

56 — *La Gardeuse de moutons.*

Haut., 36 cent.; larg., 57 cent.

HUGUES
(GASPARD)

57 — *Roses dans un vase de cristal.*

Haut., 35 cent.; larg., 24 cent.

JACOB
(STÉPHAN)

58 — *Italienne en buste.*

Haut., 32 cent.; larg., 24 cent.

KING
(M.)

59 — *Jeune fille en buste.*

KRAFFT
1881.

60 — *Femme en buste, de profil.*

Haut., 53 cent.; larg., 45 cent.

LE COINTE

61 — *Coin de ferme.*

Bois. Haut., 22 cent.; larg., 17 cent.

LEGRAND

(RENÉ)

62 — *Pêcheur.*

Haut., 45 cent.; larg., 60 cent.

LEGRAND

(RENÉ)

63 — *Étude pour le tableau du Salon de 1884.*

Bois. Haut., 19 cent.; larg., 24 cent.

LEGRAND

(RENÉ)

64 — *Bords de rivière.*

Haut., 26 cent.; larg., 22 cent.

MAINCENT

(GUSTAVE)

65 — *Au bord de l'étang; Ville-d'Avray.*

Haut., 45 cent.; larg., 37 cent.

MAINCENT

(GUSTAVE)

66 — *Chemin de halage.*

Haut., 40 cent.; larg., 58 cent.

MAINCENT

(GUSTAVE)

67 — *La Seine et l'île de Croissy.*

Toile. Haut., 48 cent., larg., 64 cent.

MAINCENT
(GUSTAVE)

68 — *Paysage.*

Haut., 64 cent.; larg., 45 cent.

MAINCENT
(GUSTAVE)

69 — *Le Pont Marie.*

Bois. Haut., 40 cent.; larg., 31 cent.

MAINCENT
(GUSTAVE)

70 — *Paysage.*

Haut., 44 cent.; larg., 36 cent.

MONET
(CLAUDE)

71 — *Village au bord d'une rivière (environs de Paris).*

Haut., 54 cent.; larg., 71 cent.

MOULLION

72 — *Au bord de la mer.*

RENAULT
(EDMOND)

73 — *Plaine d'Écouen (1870).*

Haut., 14 cent.; larg., 52 cent.

RENAULT

(E.)

74 — *Mare dans une plaine.*

Haut., 19 cent.; larg., 34 cent.

TROYON

(Genre de)

75 — *Pêcheur près d'une mare.*

Bois. Haut., 17 cent.; larg., 26 cent.

VERNIER

(ÉMILE)

76 — *Bateaux de pêche, échoués près des falaises; Dieppe.*

Bois. Haut., 30 cent.; larg., 40 cent.

VOLLON

(ANTOINE)

77 — *Bâtiments de ferme.*

Haut., 57 cent.; larg., 71 cent.

VUILLEFROY

(F. DE)

78 — *Bestiaux sortant d'un verger.*

Haut., 32 cent.; larg., 40 cent.

VUILLEFROY
(F. DE)

79 — *Le Bouffon.*

Haut., 52 cent.; larg., 26 cent.

VAN DAMME-SYLVA
1882.

80 — *Troupeau de bœufs dans la prairie.*

Haut., 55 cent.; larg., 73 cent.

WAHLBERG
1883.

81 — *Au bord de l'étang.*

Haut., 26 cent.; larg., 40 cent.

DESSINS ET AQUARELLES

BELLANGER
(GEORGES)

82 — *Programme du Cercle artistique de la Seine: soirée du 14 mars 1884.*

Plume.

BELLANGER
(GEORGES)

83 — *Laveuse.*

Plume.

CESBRON
(ACHILLE)

84 — *Palette ornée. Programme du Cercle artistique de la Seine.*

Dessin.

FEYEN-PERRIN
(A.)

1883.

85 — *Tête de femme.*

Étude au fusain.

FEYEN-PERRIN
(A.)

1883

86 — *Femme couchée.*

Étude au crayon.

FEYEN-PERRIN
(A.)

1883.

87 — *Portrait de jeune femme.*

Dessin à la plume.

FEYEN-PERRIN

(A.)

88 — *Dix études.*

Dessins à la plume et au crayon.

FEYEN-PERRIN

(A.)

89 — *Étude de femme nue, assise, se coiffant.*

Dessin.

FEYEN-PERRIN

(A.)

90 — *Pêcheuse et tête d'homme.*

Deux croquis au crayon.

GREUZE

(Genre de)

91 — *Amour sur un nuage.*

Sanguine.

LALANNE

(MAX.)

92 — *Paysage avec rivière.*

Dessin au fusain.

PILLE

(HENRI)

93 à 99 — *Dessins à la plume pour programmes et menus du Cercle artistique de la Seine. Scènes humoristiques avec portraits de divers contemporains.*

PILLE

(HENRI)

100 — *Les Autorités du village.*

Dessin à la plume et à l'aquarelle.

PILLE

(H.)

101 — *Le Curé et le Gendarme.*

Plume et aquarelle.

PILLE

(H.)

102 — « *M. Montalan et M. Bernard vous prient d'accepter un petit rafraîchissement* »

PILLE

(H.)

103 — *Un Prédicateur.*

Plume et aquarelle.

PILLE
(H.)

104 — *Un Moine.*

Plume et aquarelle.

PILLE
(H.)

105 — *Le Chasseur.*

Plume et aquarelle.

PILLE
(H.)

106 — *Croquis.*

Plume.

PILLE
(H.)

107 — Album contenant cinq aquarelles. Sujets humoristiques.

RIBOT
(E.)

108 — *L'Indiscret.*

Dessin à la plume.

SIMON VOUET

109 — *Etude d'évangéliste.*

Dessin.

ALBUMS, LIVRES, GRAVURES

110 — *Les Cancalaises.*

Eau-forte de A. Marchal, d'après Feyen Perrin. Première épreuve.

111 — *Notes et dessins d'un Japonais sur Paris en 1878, pendant l'Exposition universelle.*

Édition sur papier japon, n° 18.

112 — *Album des grands artistes.*

Lithographies.

113 — *Dictionnaire universel de Larousse.*

Quinze volumes in-4°, reliés.

DÉSIGNATION DES OBJETS

BIJOUX ET DIAMANTS

114 — Paire de boutons d'oreilles formés chacun d'un très gros solitaire en brillant.

115 — Paire de boutons d'oreilles formés chacun d'un saphir entouré de douze brillants.

116 — Paire de boutons d'oreilles montés de brillants et de roses.

117 — Un pendant de cou avec bélière en or, monté de brillants, de roses et de trois perles fines dont une en pendeloque.

118 — Bracelet en or, orné de deux rangs de brillants.

119 — Bracelet en or, monté de vingt et un brillants.

120 — Bracelet en or, monté de onze brillants et de roses.

121 — Une broche fer à cheval, formant pendant de cou, en or, montée de saphirs, de brillants et de roses.

122 — Deux bagues en or, l'une montée de trois brillants, l'autre montée de quinze brillants.

MOBILIER ARTISTIQUE

Vestibule et escalier.

123 — Deux stalles, de style gothique à dais, en chêne sculpté.

124 — Deux torchères à trépieds, en bronze doré, supportant des bouquets à douze lumières.

125 — Deux statuettes anciennes en bois sculpté : Joueurs de cornemuse.

126 — Lion couché, en bois sculpté, du XVIIe siècle.

127 — Deux grands pitongs en porcelaine moderne du Japon.

128 — Deux jardinières, en porcelaine décorée, sur leurs supports en bois sculpté.

129 — Bras-appliques en fer forgé, appareil à gaz.

Antichambre.

130 — Meuble de style Louis XIII, en bois de noyer sculpté, à pilastres et moulures ; il ouvre à deux portes, surmontées de deux tiroirs.

131 — Deux chaises Louis XIII, dossier haut avec traverses gravées et dorées en partie, sièges garnis de cuir gaufré à fond mordoré.

132 — Porte-cannes et parapluies en bambou, formé d'un faisceau de trois lances.

133 — Grand brasero, à trois pieds têtes d'éléphants, en bronze du Japon, à feuilles de lotus en relief, et couvercle ajouré surmonté d'une chimère.

134 — Deux vases balustres, en bronze du Japon, décorés de poissons et de plantes aquatiques en relief.

135 — Trépied en fer forgé, de travail italien, du XVIe siècle.

136 — Deux jardinières hexagonales, en émail cloisonné de la Chine, décorées de fleurs et d'oiseaux.

137 — Bras porte-lumières en fer forgé, style gothique, à six lumières au gaz.

138 — Deux consoles d'applique à figures d'enfants, en faïence italienne.

139 — Deux plats en porcelaine du Japon, à décor polychrome.

140 — Carpette persane, ou tapis de prière, à fond jaune.

141 — Glace en verre de Venise.

Première chambre à coucher.

142 — Grand et beau lit Louis XIII, à baldaquin en bois de noyer sculpté, à pilastres, cariatides et statuettes : le chevet offre des groupes de fruits, des mascarons, des feuillages et une couronne ducale ; le baldaquin orné de têtes fantastiques en haut-relief, avec garniture et couvre-lit en étoffe brochée et velours soutaché.

143 — Meuble à deux corps, genre Renaissance, en noyer sculpté, à pilastres, cariatides et moulures : il ouvre à quatre portes et contient des tiroirs à l'intérieur.

144 — Table de nuit, de même style, avec étagère à galerie.

145 — Parement de cheminée, avec glace dans un

encadrement en peluche bleue, soutachée d'ornements en galon jaune.

146 — Chaise longue et fauteuil en velours marron et guipure.

147 — Deux rideaux de fenêtre avec un large lambrequin, et une portière en étoffe de laine et soie brochée bleu clair et peluche.

148 — Portière chinoise en satin bleu brodé, à fleurs et oiseaux, en soie de couleurs, bordée de peluche bleue.

149 — Petite table bambou, incrustée de petits bronzes du Japon à figures en relief.

150 — Écran en porcelaine de Chine dans une monture en bois de fer découpé à jour.

151 — Deux groupes de figures chinoises en bois de racine sculpté.

152 — Deux chenets, genre rocaille, à figures d'enfants en bronze doré.

153 — Pendule et deux candélabres à six lumières, en marbre griotte et bronze doré; de style grec.

154 — Deux cornets en porcelaine de Chine, décorés de fleurs.

155 — Petit buste de femme d'après Germain Pilon.

Grand salon.

156 — Bel encadrement de fenêtre en application de velours rouge sur fond vieil or, avec garniture de deux rideaux en satin broché bleu et peluche de soie cramoisie, drapés et ornés de passementeries assorties.

157 — Beau parement de cheminée, de même style, en peluche de soie cramoisie, orné de fleurs et de feuillages en application de velours sur fond jaune vieil or, avec glace à fronton, décorée de même et ornée d'une draperie à la partie supérieure.

158 — Deux grands candélabres à neuf lumières, formés chacun d'un vase à panse sphérique en émail cloisonné de la Chine, décorés de dragons et de flammes sur fond bleu turquoise, montures en bronze de style chinois.

159 — E. GUILBERT. — Ève : statuette, terre cuite bronzée.

160 — Brûle-parfums à trépied formé de trois cariatides en bronze d'après l'antique.

161 — Piano droit en palissandre, de Rollier et Blanchet fils.

162 — Table de style Henri II, en noyer sculpté, à rehauts d'or.

163 — Deux tables rondes, formant supports, en bois sculpté, de style chinois, à dessus de marbre.

164 — Deux grands braseros, de forme ronde surbaissée, en bronze du Japon, décorés de dragons et de têtes de chimères en relief.

165 — Boite ronde en émail cloisonné de la Chine.

166 — Coupe oblongue à quatre lobes, en porcelaine de la Chine, pied en bois sculpté.

167 — Deux gaines en marbre de Flandre rouge veiné.

168 — H. Moulin (1873). — Buste de M. Feyen-Perrin, en bronze.

169 — E. Guilbert (1880). — Groupe en marbre blanc : le Petit Justicier.

170 — Grand divan garni de moquette de Smyrne.

171 — Petit canapé capitonné et deux petits fauteuils carrés, en soie bleue brochée, à fleurs, avec accotoirs en peluche feu, appliquée de broderie orientale à fleurs en argent.

172 — Canapé garni de velours de Gênes, à ornements vert olive sur fond saumon.

173 — Deux grands fauteuils coin de feu, garnis en soie brochée à fleurs en couleurs, avec accotoirs et têtières en peluche rouge frappée.

174 — Quatre petites chaises de fantaisie, en bois de noyer sculpté, à draperies et mufles de lions, garnies de velours de Gênes à dessins de nuances variées.

175 — Tabouret en bois sculpté, garni de broderie persane.

176 — Grand fauteuil Louis XIV, en bois sculpté, garni de tapisserie au point à vases de fleurs et ornements.

177 — Siège en X, en bois sculpté, rehaussé de dorure.

178 — Tapis de piano en soie ancienne, brochée à fleurs.

179 — Deux jolies portières en peluche cramoisie, ornées chacune de trois bandes en broderie de soie de couleurs, à fleurs.

180 — Trois coussins en broderie orientale sur soie.

181 — Tapis en moquette à fond rouge.

182 — Trois carpettes orientales.

183 — Stéréoscope en bois de thuya.

Salle à manger.

184 — Bel ameublement de style gothique, en chêne sculpté, composé d'un grand buffet-crédence à étagères et surmonté d'un dais, une table carrée à cinq rallonges, huit chaises garnies de maroquin rouge.

185 — Chaise du XVIe siècle, en noyer, garnie de cuir gravé et doré, cloutée de cuivre.

186 — Chaise Henri II, en noyer, garnie de drap appliqué de broderies.

187 — GUILBERT. — Buste d'homme en bronze, grandeur nature.

188 — Brûle-parfums à trépied en bronze vert, d'après l'antique.

189 — Statuette de Narcisse, en bronze vert, d'après l'antique.

190 — Statuette de Silène, bronze vert d'après l'antique.

191 — Statuette de Mercure assis sur un rocher, bronze vert d'après l'antique.

192 — Buste de pêcheuse, grandeur nature, bronze.

193 — Deux supports de style chinois, en bois sculpté.

194 — Deux landiers du XVIe siècle, à corbeilles en fer forgé.

195 — Statuette de Jeanne d'Arc; bronze d'après Frémiet.

196 — Beau lustre en fer forgé, de forme hexagonale, à une lampe et vingt-quatre bougies, de style gothique.

197 — Brûle-parfums en bronze du Japon : Philosophe monté sur un cerf.

198 — Deux brûle-parfums en ancien bronze du Japon : Canards debout sur des feuilles de lotus.

199 — Deux grands vases en cuivre gravé de Perse.

200 — Deux flambeaux formés chacun d'une grue, en bronze du Japon.

201-205 — Vase à large ouverture, brasero, trois statuettes, divinités et animaux, en ancien bronze de la Chine et du Japon.

206 — Deux petits écrans en pierre de lard gravée.

207 — Coffret oblong en fer, du XVIe siècle.

208 — Bronze de *P.-J. Mène* : Chien en arrêt.

209 — Deux grands rideaux de fenêtre, en peluche de coton à larges ornements appliqués.

210 — Tapis de table de même étoffe.

211 — Carpette orientale.

212 — Tapis en moquette fond rouge.

Deuxième chambre à coucher.

213 — Tenture de lit, tenture de fenêtre et une portière, en bourre de coton à dessin oriental sur fond bleu.

214 — Lit garni de drap rouge et sa literie.

215 — Couvre-lit en satin cerise, orné d'un écusson appliqué et brodé.

216 — Petit meuble partie supérieure d'une crédence du XVIe siècle, en noyer sculpté, à pilastres, feuillages et têtes de chérubins ; il ouvre à deux portes.

217 — Petite table-étagère en bambou, avec appliques bronze du Japon.

218 — Meuble à quatre rangs de tiroirs, en bois sculpté à feuillages de travail indien.

219 — Lampe de suspension, en cuivre doré et repercé à jour, de travail persan.

220 — Demi-Chaise longue en drap rouge et peluche.

221 — Pouff carré et coussin en velours de coton rouge.

222 — Chaise garnie de moquette de Smyrne.

223 — Trois sièges à X formés de sabres et de broderies japonaises.

224 — Petit modèle de vaisseau à éperon.

225 — Coupe en porcelaine de Chine, montée en bronze.

226 — Deux vases en porcelaine moderne de la Chine.

Cabinet de toilette

227 — Garniture de fenêtre, portière et tablette de cheminée en cotonnade orientale à damier.

228 — Armoire à glace en palissandre.

229 — Petit bureau de dame, bois noir, garni de filets de cuivre.

230 — Deux candélabres, figures d'animaux, en bronze.

231 — Deux lampes en porcelaine.

232 — Terre cuite de Guilbert : le Petit Justicier.

233 — Glace de Venise.

234 — Deux vases d'après l'antique, cuivre galvanisé.

235 — Petit lustre à douze lumières.

Bureau.

236 — Deux rideaux de fenêtre avec lambrequin, deux portières et tablette de cheminée en ancienne tapisserie, sujet de verdure avec bordure de peluche rouge.

237 — Canapé, trois chaises et un tabouret garnis de tapisserie genre XVIe siècle.

238 — Joli bureau de style Régence, en bois de placage orné de chutes à têtes de femmes, d'écoinçons, de mascarons, de poignées et de sabots à griffes de lion en bronze doré.

239 — Petite crédence de style Renaissance, en bois de chêne sculpté.

240 — Pendule en bronze doré : l'Aurore.

241 — Galerie de foyer en bronze.

242 — Deux candélabres à huit lumières, formés de

vases en émail cloisonné de la Chine, fond rose, monture bronze.

243 — Deux petites jardinières carrées, en émail cloisonné, de travail français.

244 — Lustre à vingt-quatre lumières.

245 — Deux figures chinoises en bois de racine sculpté.

246 — Coupe en porcelaine du Japon, montée en bronze.

247 — Encrier en cuivre et accessoires de bureau.

SALLE DE BAIN

Deux baignoires avec leurs appareils de chauffage au gaz, appareil d'hydrothérapie, etc.

Tapis d'escalier, de salon, de salle à manger et de chambres à coucher, en moquette à fond rouge, genre Smyrne.

Caisse de sûreté en fer.

Batterie de cuisine et ustensiles de ménage.

Linge et garde-robe.

www.ingramcontent.com/pod-product-compliance
Ingram Content Group UK Ltd.
Pitfield, Milton Keynes, MK11 3LW, UK
UKHW020457180726
13839UKWH00004B/1822